# 結晶質

安田茜
Yasuda Akane

書肆侃侃房

# 結晶質

もくじ

## III

装幀　佐野裕哉

I

遠くのことや白さについて

雪山を裂いて列車がゆくようにわたしがわたしの王であること

歌わない鳥といっしょにいた日々を紙片のようにおしえてあげない

からだ持つかぎりわたしのなかにあるくるしみ・月のひかり・痛み

つぎつぎに炎や薔薇をひらかせて動悸がむねをおとずれて去る

くらがりで月のランプを点けたのはくらがりにいるわたしの右手

さいはてへもどる小舟は朽ちかけて声ははじめて声になれない

朝の陽にまみれて鴉うつくしいものには身も蓋もないのだから

泣きたくて瑪瑙のような空の下ゆびわをゆるめたりはずしたり

青鷺を愛でるこころも色あせて暑さのなかに立ちつくすのみ

どこまでも声は遠くを指し示すフランク・ロイド・ライトの話

勝ち負けでないのが日々で太陽が落ちてゆくのがたしかに見えた

どうしようもないことだらけ硝子壜煮沸消毒する夜もすがら

影のみがここに踊っているような廊下であえて影の手をとる

彼岸花わたしのここにも咲いていて此処が見えないとは言わせない

夕凪にほほえまないで　打ちつけてしまいたくなるからだを海へ

どうしても進むのならばゆきなさい百日紅散るあとをよすがに

ねむるときからだの虚をのびてくる蔦と（何の蔦？）握手を

羽根の絵がうまく描けたらよかったのに声とはぐれてようこそ涙

戴冠の日も風の日もおもうのは遠くのことや白さについて

かなしいね人体模型とおそろいの場所に臓器をかかえて秋は

目隠しを燃やして少年少女たち蛾を追うためにばらばらになる

椅子がある薪のかわりに椅子がある涙を燃やし切るためだけの
方言をほめてもらったその夜にやっとリボンを捨てられたんだ

撃鉄を起こすシーンのゆっくりと喉をつばめが墜ちてくかんじ

もうすこしねむっていいか素手のまま風の根元をつかんだままで

どん底のどんは身体が落ちた音　予感をかさねれば日々になる

絵はがきを反故にしてまで伝えたいものがわたしにあったのだろう

憐憫にたおれこみたい浴室の熱湯に生身をぶたれつつ

立っているだけで絵になるその影は絵ではないからこちらを向いた

夢の中ではジャズピアニストのものだった指で洗濯物をあつめる

生活のため島の模型を売るひとを島売りと呼ぶようなたそがれ

ひとりとはどこまで暗い谷でしょうコッペリウスのかなしいおじぎ

ロマンスに興味がなくて朝露がみたくなるのはいつでも夜中

居場所を岸にたとえるのはもうやめなさい　夜にまぎれて涙は爆ぜる

蝿の死はわたしによってもたらされわたしのゆびにつぶれる小蝿

ピエタ像ひとりで真似てあくる日のある朝きっと本物になる

てざわりがサテンリボンのような日はベランダに出て地底をのぞく

とこしえに手のとどかないものがありとこしえゆえに森よりはるか

ろうそくが部屋に灯っていることが一夜わたしの要塞になる

伝承に語りつがれて黒犬はあらゆる十字路に眼を燃やす

花枯れるついでに声も枯れてゆくしかたのなさに気がとおくなる

コンビニの麺麭と水だけ口にしてとがらせてゆく秋の結末

ひさかたのひかりの罅を見たことが血の後味のようにひろがる

かすみそうだけを飾っていた窓がかつてあったが今はもうない

血は垂れる　金のりんごを身体からひと月ごとにそこなうように

間髪をいれずに冬はやってくる愛と敬意はとても似ている

蒼穹のこころすべてを否定するちからで逃げる葦毛の馬は

声帯があるから声はのびやかにどの地獄へもふるえがとどく

三度寝すれば三度まぶたをひらく日の恥部をみせあうような夕刻

きずついたゆめの墓場へゆくために銀紙で折るぎんのひこうき

Ⅱ

円になる

ピーナッツのかけらの残る舌先をそのままにしてゆく夜の道

寝返りをうつほどシーツのしわたちはきみのからだに集約されて

まよなかの椅子はことさら硬くなる暗闇に目が慣れてくるまで

スリッパを廊下のふちにかさね置くすぐそこにいる不在のために

三日月のくぼみに置くとよさそうなボールが落ちていたんだけれど

冬らしい冬の真昼に泣くときのなみだがぬくい　とてもうれしい

忘れたということだけは覚えてる　そのうえ点字ブロックに影

サッカーの少年たちは円になるスポンジケーキ色のゆうぐれ

## ひるなかの耳

ふっくらと犬曳くひとが過ぎてゆくヘッドライトの白いさなかを

ありふれた景のひとつにカーテンは風をかかえて窓をふくらむ

終盤のなめらかにある冬だった先頭車から川をながめて

わたしは塩、きみを砂糖にたとえつつ小瓶と壺を両手ではこぶ

かるい椅子ひきずってゆくような日よレポートふたつこなし終えたら

感情はきづかず襞になってゆく空を切り込みとんでゆく鳶

つめたい方へ熱はひろがりゆくのだ、　ときみはちいさな路地に話した

黒鍵を撫でてみたくて手袋をはずせばただのてのひらひとつ

かなしみにきっかけあれどわけはない　サドルの凍る自転車を押す

裸木であってもそれはさくらだよ逢えばおのずと繋いでいる手

この冬を越えれば二年になるという借りたまんまの小品集も

さみしさをめずらしく言うきみからの電話のこちらがわでともす火

夜じゅうを灯しつづけてろうそくは親指ほどにちいさくなった

就活がいやだと笑う友といておちょこは三つはこばれてくる

しらたきが箸のさきから逃げてゆくかろやかさごときみを思って

靴の底ゆるい地面にめりこんで白いつばきのもとまでをゆく

建物のややひくい街　きみのいる街をわたしは視ているつもり

冬にしてきみのすべてに触れ得ないこともうれしく手ですくう水

ひとり、とは遥かなる葦　ひるなかの火照った耳を笑いたくなる

春のこえ窓にとどいてくるような風がおおきく乱す竹藪

はるかぜの、自室の窓に顔ふせていればなみだが眼鏡におちる

ベランダにタオルは風のなすがまま会えないときもきみとの日々だ

ねむりとは身体のふちをめぐる舟ひとのまぶたは三日月だから

火星にも蟹はいるかな　きみのいる夜に両足くずして座る

橋をゆくときには橋を意識せずあとからそれをおもいだすのみ

祈りとはおおげさだけどはなびらをにぎる右手をひらいてみせて

考えごとをしていただけだ　木々をみる角度できみにほほえみ返す

ことばまでまだまだ遠いゆうぐれの小庭に忘れられたなわとび

## 席を立つ

ギャラリーはあちら、と声の指すほうへむかったはずが海に出会った

泣きやんだあとの気分だ　対岸にビルが白んでいるベイエリア

はなみずをかめばそのあとやってくる潮のにおいに驚きがある

かいがらのような女性がおじぎして送ってくれたゆうさりのカフェ

席を立つことがつらなり日々になるビニール傘をいつも忘れて

ひっそりとうごく心の暮れかたのぶらんこに乗る大人のふたり

ぐみの実はまばらな色にほのめいて疲れているとそこでわかった

ほめられることに慣れない　ピスタチオつまんだ指に塩きらきらと

草原という結論にたどりつくどこからきみを思い出しても

## 舟を出す

いるような気がしていないような気もして廊下へのドアをひらいた

くらやみは睨めばにらむほどくらい　お金はなんとなく貯めるべき

ひとつの冬や夏をすごしたリビングに水のかたちはグラスのかたち

同僚とよばず同期と呼んでいる枯葉のような印象のひと

しごと行く・帰る・次の日もおなじ　帰って食べる半身の桃

舟を出すようにベッドにねころんで蜜とまちがうほどに疲れは

風のいろが変わって秋が近くなる　牛乳に氷をいれて飲む

## weather

想像の雨に小象をあそばせる気持ちがもどるまでのつかのま

教会に入ったことは三度ある　川の水位は日ごとに戻る

陽に褪せた煉瓦を順にふみながら発話するほどあなたとずれる

黒色の塗装がすこしはがれてる去年の冬にもらった時計

荒野からにげてきたこと忘れつつ平らな屋根のしたで落ち合う

研がれるような風でもらった言葉さえ忘れてしまうけれどいいかな

あやとりのようにあるいは遠浅のあなたと声を投げあうように

こわれては生まれる王冠を見ていたあなたの指を撫でた滴の

祝祭はこれから　やわい色をして列車の窓をすべる濁流

点火するようにひとさし指で押す列をはみ出た詩集のひとつ

twig

円卓にちいさなろうそくを灯してそこからがありありと晩冬だ

読みかけの手紙のように置いてある脱がれたままの形にシャツは

ひるのゆめ　林檎がむかれてゆくときのらせんは逆光にのびてゆく

さびしさということばではずれてしまう道に菫のうつむくほどに

地続きで季節はすぎる各々の木に伸びてゆくいちまいの影

きみがいて、雪の降らない日々にいて小枝を拾いたくて屈んだ

身体と冬を暮らして身体が泣くからきょうはギターを抱いた

けぶるべき春が来るならそのまえにあなたの息の根にとまりたい

眠るまえ森への帰途をうっとりと考えているむかしみたいに

きみの部屋にひろい尽くせぬ紙たちの一枚として瞼をおろす

## default

序破急でいうならいまはどのあたり手遊びばかりしている暮らし

風が吹くこととあなたが笑うことどちらも大差ない冬のこと

感情はがらくただよね　ひだまりの蓮をゆめみてはしるバスたち

ささやかな水のはしらを見ていたい蛇口ひねったままのゆうべに

うつしみに鎮痛剤がはなひらく再放送のような部屋にて

あなたごときに汚されるわけない夜の月を割るならきっぱり縦に

雪の中とりのこされた靴がある子どものための青いながぐつ

かつて見た中でもっともうつくしい戸惑い　ひらくドアにごちゅうい

## new moon

火が紙を喰ってるみたい　ベランダで口つけないで見ていたたばこ

窓ガラスていねいに拭く　身が粉になるなら瑠璃色がのぞましい

レアチーズケーキくずして崖を生む　生かされるとか大袈裟すぎる

はつふゆのそれはきれいな銀色の手すりから手をはなすから見て

濡れたってなんにも困らない日々にあえて差す傘　紺色の傘

あたらしい月は見えない月だからこそ堂々とかなしみと逢う

agnes

象の絵がうすいグレーで描いてある灰皿　ここにもいないかみさま

しろたえのアニエスベーのアニエスという略称にあこがれている

大都会　おおきい都会　つまさきのとがった靴は意図して買った

ゆめに見るグランドピアノのある部屋が日差しや冬に侵されるまで

葡萄酒をふるまいたいな葡萄酒と口にするのが気持ちいいから

帰宅してお米を研いで、電話したくなって、お風呂に入らず眠る

永遠は永遠　そして雪は雪　眼鏡が似合わないのはわたし

すこしだけ荒れた頬とは縁遠い冷えたカラフェに両手でふれる

セブンティーン・アイスの自販機をだれが使うんでしょう真冬の駅で

# あきらめることをあきらめない日々の心理テストをやろうふたりで

## apologize

今日は雨　すでに興味を失ったものが灯りになるときもある

はるかさに百合ゆれたままiPhoneに推しの画像はほほえんだまま

ごめんねのかたちに口をうごかせば声もつづいて秋の食卓

雪という字に平行線の多いこと　言いたいことはそれだけでした

手記めくるひとさしゆびにあかるんで紙と雪では白さがちがう

夜を食いつぶすのがわたしのしごと霧笛をたまに夢想しながら

ゆめのどん底からすべてひきあげる金・銀・プラスチックの斧を

たましいが引き攣る夜は透明のうつわに空気をのせてはこんで
永久凍土に封じるだけの記憶ありわたしはわたしの死ぬ道をゆく

あかるさと暗さは同居しうるのであらしの晩にまた会いましょう

水煙草がほしいだけ

夜を吸うようにたばこを吸うときの夜にさらなる墨足すここち

お世話になっておりますと電話口で言うおおきな沼にほほえむように

ひとの死を願うこころよ願うだけならばだれにも知られない針

熱い湯につかったようなうれしさで宇多田ヒカルの新譜買ってきた

ひさかたの天国地獄大地獄どこにも水煙草がほしいだけ

おおきめのシャツが教えてくれるのは風の強さのそのほかになし

# さくら

街灯のひかりを借りて泡立ったさくらあなたも疲れるでしょう

糸をひくねむりから身を引きはがす　気管の奥に樹々がざわつく

いっせいにさくらのまなこちら向くきもちが隆起する夜の坂

ぼろきれを夜のさくらに見いだしてこれを吸い終わったら帰るよ

火がほしい　すぐ消せる火が　下腹部をかかえるように帰途を急いだ

ひらいたら二度と閉じられない花を見つめるときは黙らなければ

迷惑でなければおすそわけしたい硝子でゆびが切れた痛みを

炭酸水・くすりがあればやれることくすりを喉へながしこむこと

かみのけが今夜もすこしずつ伸びる　さくらの下にいてもいなくても

III

花のつるぎを手放しなさい

水晶は冬の様子をのこしつつ書斎のすみに落ちついている

空の眼がひらけば朝がくるなんて　紙片はすべからく燃えるごみ

沼地からひとのからだがあらわれてやがて私になるまでのゆめ

氷点下うれしい朝にドーナツを半分にしてはんぶんのこす

つめたくて小さな歯車になって電車に乗ってはたらきにゆく

知ってます雪に匂いがあることを　文庫にカバーかけて手渡す

生き死ににないのは値札、新刊を置くためはずすのは旧いもの

髪のながいおとこのひとにあこがれて私も髪をのばしています

三月の木立はゆらぐ過ぎてゆく日をつまらなく転がすように

失敗をすることもない休日はただねむたくてソファにねむる

書架を木にたとえるならば森番になってみるから日の暮れまでを

常冬の国をゆめみて　話題書の棚にこっそり一冊を挿す

やわらかくひとは手首を操作して第二倉庫の鍵をひらいた

まだまだと冬を惜しがるゆびのためときおりめくる全集がある

空を降ろしてきたのか地から伸びるのか夜をふちどる螺旋階段

雨のあとつつじは闇をひらき切りこの世の底をよろこんでいる

空気からさむさがいなくなってゆく四月は胸がやぶれるところ

冷たい血よりひややかな雪原を呼びだす窓がある　こころごと

朝の風もらいに外へでてゆけば美談のように草木はそよぐ

必要な分だけひらく感情のそこにひばりはいなかったけど

かたくなに春を嫌えば濃い花のにおいがむしろ腕をひろげて

表情でいいたいことはわかるから花のつるぎを手放しなさい

その声に貨物列車がはしるのを私だったら見逃さなかった

雪と花、ふるものという点だけでしろい光をしずかによこす

熊蜂が藤のしだれに群れるのを射抜きたいから見つめつづけた

チョコレートアイスを落とした跡がある頁とばして次の章まで

知ることと知らないことの境目のしぬほどながい蛇がうねるよ

裏庭をもたないだろう一生に自分のためのボルヘスを読む

息継ぎの位置をさだめてうたい切る金星にまつわるバラードを

死者にくちなし生者に語ることばなしあなたに降りそそぐ雪もなし

叫声

あやうさはひとをきれいにみせるから木洩れ日で穴だらけの腕だ

その奥は泥のつまった子宮だと汗にまみれたひとに言いたい

ゆきやなぎ剪定されておとなしい　影にはいれば冷える三月

ゆうづつがこころになだれこむ前に食後のくすり食前にのむ

はじめからそこに行きつくものとして壁のくぼみにはまったコイン

蜘蛛つぶす　蜘蛛は益虫だってこと夜風のようにあなたは言った

痙攣は星がちらつくようにきて右のまぶたを二度ほど閉ざす

痛いほどおのれをひらく水仙を鬱のほとりにかざっておくれ

完璧のかたちさびしく照り映えてアル＝ケ＝スナンの製塩工場

爪たてた痕ではなくて月でした叫声にふりむいて見たのは

きみの土地から

さらさらの雨にからだを差し出して仮縫いみたいな顔をしないで

どうしても舌が痺れてくらやみのおいでおいでを拒めずにいた

鍋を火にかけてしばしの待ち惚け（みずがしじまをうしなうまでの）

声楽を習っていたと言うひとの声・こころにも硝子まぎれて

つけまつげひろっておいで高潔でしかしけがれたきみの土地から

髪に闇なじませながら泣きながら薔薇ばらばらにする夜半がある

石灰が果てまで匂う七月をふりきるための　そのための助走

寝食をともに過ごしたさいはてになんども立ち枯れるのひまわりが

機織り機ほんとに見たのさわったの泣きたいときに思い出してね

アガパンサスつたなくゆれるゆうぐれに絵本作家はまぶたをひらく

立ちつくしたい

この街でふたたび雪に逢えたならまえに刺された釘をかえすね

宵闇にだれの眼玉もつやめいてがらくたたちもうたいだすころ

おしゃべりなあの子は早熟　真実と事実をまぜてケーキを焼いて

忘れるためのわれさえもたずわれのなか鍾乳洞に立ちつくしたい

ここにいない誰かのことは話さないことにしている濃い霧の冬

耐えがたい日々をしのんでゆくためのスマートフォンでよむ遭難記

おのおののやがてしなびる花をもちあるく花みち否けものみち

いまふたたび製氷皿をからっぽにするためだけの力がここに

占いは信じるほうだ　靴底にガムがついても放っておいた

呼ばれてるみたいだからもう行くね、あとで動画と写真おくってね

蛍石

それらしい答えに着地できなくて砂漠の薔薇をのみこむここち

輪郭をぼやかして描くそうしろと習ったからでなくこころから

名盤のいちばん人気のない曲をヴァルハラにつくまで聴いていた

オパールに遊色満ちてわたしからはがれておちる暴言あまた

生きてても しかたがないと思うけど満月の夜なら釣りへゆく

きみたちが知らないことを知っている　などというみにくい色の石

体内に嵐を秘めていたはずがわたし自身があらしであった

文字通りこころは傷がつくもので　ゴッホの描いたアーモンドの木

ありがとう実在しないこどもたちわたしの胸に留まってくれて

澄んだ水のとなりに蛍石を置いてその正面で髪をむすんだ

# 箱

コンロから咲くのは火だね　ゆびきりをだれともせずに年末になる

箱　という実感だけがこの部屋をたしかなものにする冬の夜

愛憎のかなたに花がゆれていて手に取るためにかなたへ向かう

ぬかるみをゆっくり踏んで公園を横切ればおはようからすたち

ないものを買いにゆくためあるもので済ませる　目の前がゆれている

瓶詰めのジャムひらかないことだって真昼によくある失敗だから

傀儡ってことばを使いたいだけの声ひきずってここまで来ました

散ることは重力にあらがわぬこと眠りそこねて廊下に立てば

雷鳴がたずさえてきたひかりごとわたしの胸を潰していった

白いシャツはためきながら歩くとき腕はこの世をはかるものさし

瞼

薄青のまちにすむひと薄青のみずをひとくちふくんでねむる

吐き切ってあとは空気をおもいきり吸い込むだけの修羅をゆくのだ

サッと溶けて痛みによく効く錠剤をわたしのいちばん底へしずめて

身のうちの嘘と呪詛とをひもといて電飾が消えるまでをみていた

現実もゆめの一部で、おにぎりをかじると土の味がしたこと

まっくろな観覧車がもしあるのならすべてのこいびとたちさようなら

なにもくれなくていいから種明かししながら手品をやってほしいの

わすれない画鋲で穴をあけたことクラスの壁やあなたの耳に

もう二度と閉じられない瞼のように降ってつもってゆくぼたん雪

パスワードおもいだすため立ち止まる　なんども月へ目配せしつつ

些事

限界が背中のあたりまで来てるホログラムっぽい雷雨をみてる

依存先を提供しますそのかわりわたしの廃道になりなさい

コンビニを出ればたばこが香るんだいつもふんわりいつもの夜に

こわれてるこころのほうが向いているおしごとをしていますゆめのなか

ヨーグルトに砂糖をいれるかいれないかきみだけが決められる些事だね

わたしの暮らしは乾いていません　むらさきの液体みたいな曲かけている

悪魔の声ならYouTubeで聴けるってふつうの生活のまめちしき

きみたちの言う尊さはわからないけれどもまっすぐの夜道ゆく

地獄ってどんな匂いがするのかを、けむりのうごきを目で追いかける

はつなつのいいや真夏のあけがたの雨のときだけ入れる館

ありえない色の炎をともだちと見たあとともだちは泣いていた

塩とアイスの共通項は賞味期限がないこと　パーフェクト・フルコンボ

ねむたさがゆったり花を散らしてはつぎのつぼみを準備している

ふぞろいなチェスをあつめていることのほかにはなにも教えてくれなかった

それなんて宝石ですか　閃光を背負って無表情のこんにちは

# つばさ

藤色のつめにどぎまぎしていたらすでにつばさが畳まれていた

あさごはんたべたいというしんでコンロにつける円形の火を

石英を朝のひかりがつらぬいていまかなしみがありふれてゆく

だんだんアイドルに心を許してる　震えあがるほどの世界で

花冷えがふみにじられたはなびらもすかさず冷やすそれをみている

ビル風に髪がおどってくれたからとてもちいさな決心をした

コーラスがうつくしい曲　寒い日はひとりあなたの話をしよう

これいじょうなにもおこりませんようにくちびるの裏ひたすら嚙んで

火の話

# 光とは波であること　Wikipediaから教わった生きるヒント

昼の木の肌《はだえ》はきっと脈打って、そうおもうのは凡庸なこと

ビスマスのいびつでうつくしい虹をひとみはじっくり映してくれる

愛や恋よりもただただつやつやの石をもとめて闇夜をあるく

忘れ物をわすれたことが忘れ物だからあらゆる手を拒否します

棄てるのにちいさなレジ袋を買って棄てるまえにちいさくおりたたむ

巨大数のこととか話してもらいつつおなじこの世にいまながれる血

胸あたりまでブランケットをかぶっても怒りがからだを操っている

半分にくすりを割って飲んでいる日々にひびいてゆく遠吠えが

とうめいな布があったら祈りだと思ってさわりそうだから嫌

あぶないのでなかにはいってはいけません　アメシストの晶洞のなかには

みずからのみぎてとひだりてをつなぐこれがいちばんわかりやすい火

八月はずっと手放さないほのおその熱さごと手が忘れない

その皮膚が鎧であればよかったが違うからいなくなったひとたち

おいのりのどこまで本気で祈れるかなんて関係ない　柘榴石

さざなみをそうだね例えるなら（足をつつんでくれたりする）膜だね

感情的であることは悪いことではなく氷は入れるほどよいとする

朝食はいつも摂らずにゆく道のきょうはどこにも花を見なくて

あなたより私が必ず、先に死ぬ　そう決めてからふれる金剛

夏の日に脳けずれておもいださずにいたものがもうわからない

## 鉱石

風になったことがあるひと手をあげてそうでないひと地面に伏せて

月にまつわる歌をあつめたカセットを月のひかりに曝しておいた

むかしより低めの声がでるようになったけど役には立たないね

いない犬を散歩につれてゆくことは不可能である春そして夏

鉱石がわたしに光を投げてくるもらった光をだれかにわたす

夢にいて野原も自然発火してそれが異常にここちよかった

くるしみはかたどることができたけど花言葉は花からうまれない

# あとがき

この第一歌集には、二〇一四年から二〇二二年のあいだに制作した短歌を収録しています。Ⅰには、第四回笹井宏之賞にて個人賞・神野紗希賞をいただいた連作を、そのまま収録しています。Ⅱは二〇一七年ごろまでの大学生時代に制作した歌を、Ⅲにはそれ以降の歌をおもに収めました。連作の順番と制作時期に、関係はありません。

編集の藤枝大さまをはじめとした書肆侃侃房のみなさま、デザイナーの佐野裕哉さま、栞文をお寄せくださった江戸雪さま、神野紗希さま、堂園昌彦さま、そして本書の流通に関わってくださった、そしてこれから関わるすべての方に、心より感謝の意を表します。また、短歌誌『西瓜』のみなさま、いつも短歌の場でお世話になっているみなさまにもお礼を申し上げます。

子どものころ、出窓のある部屋に住んでいた。窓には白いレースカーテンがかかっていて、そこから晴れやくもりの、そして夜の空をいつも眺めた。いまはもうそこへ戻ることは叶わない。戻りたいと思うわけでもない。ただ、そういう部屋があった記憶だけが残っている。

身体のどこかが痛むとき、どうしても苦しいとき、一人でいるとふと言葉やフレーズが口からこぼれて、それが作品の一部になることがある。それゆえに、短歌をつくる行為は私にとって、膿が排出される感覚に似ている。そして短歌のかたちに収まった言葉は、いつ振り返ってみても傷痕にしか見えない。この歌集を編む作業はまさに、傷をひとつひとつたしかめることに変わりなかった。

この歌集は、だれでもない、私だけのための歌集である。

二〇二三年二月　安田茜

著者略歴

## 安田　茜（やすだ・あかね）

一九九四年、京都府生まれ。「立命短歌」「京大短歌」「塔」出身。
現在は「西瓜」所属。
二〇一六年、第六回塔新人賞。
二〇二二年、第四回笹井宏之賞個人賞（神野紗希賞）。

# 歌集 結晶質


二〇二三年三月二十二日　第一刷発行
二〇二三年四月二十日　第二刷発行

著者　安田茜
発行者　田島安江
発行所　株式会社 書肆侃侃房（しょしかんかんぼう）


〒八一〇-〇〇四一
福岡市中央区大名二-八-十八-五〇一
TEL：〇九二-七三五-二八〇二
FAX：〇九二-七三五-二七九二
http://www.kankanbou.com　info@kankanbou.com


編集　藤枝大
DTP　黒木留実
印刷・製本　モリモト印刷株式会社




ISBN978-4-86385-566-3　C0092